Oui-Oui
et le nouveau taxi

J'adore conduire ma p'tite auto,
Qu'il fasse mauvais ou qu'il fasse beau.
Et quand je suis dans mon taxi,
Tous mes clients sont mes amis !

Tout en chantant, Oui-Oui ôta un grain
de poussière de sa voiture. Puis il entendit l'horloge
de Miniville sonner et se dit :

« Midi ! Il est temps d'aller chercher M. Culbuto. »

Oui-Oui arrivait sur la place quand, brusquement,
un curieux véhicule s'arrêta juste devant lui.

À son bord étaient installés Sournois et M. Finaud,
les deux vilains lutins.

« Oh, non ! s'écria Oui-Oui en voyant M. Culbuto
grimper à bord de l'étrange taxi.

– Désormais, tu n'es plus le seul taxi à Miniville »,
ricana M. Finaud.

M. Culbuto se pencha à l'extérieur du taxi
des lutins.

« Je suis navré, Oui-Oui, mais les lutins étaient là
en premier. Et ils me déposent gratuitement !

– Ça ne fait rien, M. Culbuto, répondit Oui-Oui.
Bonne route ! »

Quand Potiron arriva, il trouva Oui-Oui
très occupé à essayer de comprendre pourquoi
les lutins ne faisaient pas payer leurs courses.

« Tu as vu leur drôle de véhicule ? demanda
Oui-Oui.

– Oui, répondit Potiron. Je crois que ces lutins
préparent un mauvais coup.

    — Je ne pense pas, répondit Oui-Oui. Ils veulent simplement conduire un taxi, comme moi ! »

    Potiron n'était pas convaincu.

    « Fais bien attention à eux, Oui-Oui.

    — C'est promis, dit Oui-Oui. Mais je crois que tu t'inquiètes pour rien. »

Oui-Oui poursuivit sa route à travers Miniville.

« Tiens, voilà Léonie Laquille ! s'exclama-t-il.
Elle me fait signe de m'arrêter. »

Mais avant que Oui-Oui ait commencé à freiner,
Sournois et M. Finaud pilèrent sous son nez.

« On vous emmène quelque part, madame ? »
demanda M. Finaud.

Léonie Laquille semblait hésiter.

« C'est gratuit, bien sûr ! » insista-t-il
d'une voix charmeuse.

Comment aurait-elle pu refuser ?

« Eh là ! Cela fait deux fois aujourd'hui que vous volez mes clients ! lança Oui-Oui aux deux lutins. Vous êtes peut-être gratuits, ajouta-t-il, mais je suis le meilleur. Et mon petit taxi sera toujours plus rapide que votre espèce de tricycle !

– Oui-Oui a raison, déclara Léonie Laquille
en descendant du taxi des lutins pour grimper
dans celui du pantin. Vous me proposez peut-être
une course gratuite, mais j'ai besoin d'arriver
rapidement à la ferme de M. Paille. »

Tût ! Tût ! Oui-Oui klaxonna et ne put retenir
une grimace à l'attention des lutins furieux.

Tard dans la nuit, les deux lutins rejoignirent
à pas de loup le garage de Oui-Oui.

« Dépêchons-nous ! Ouvrons vite la porte
avant que quelqu'un nous surprenne ! » chuchota
M. Finaud.

Sournois et M. Finaud distinguaient à peine
le rutilant taxi de Oui-Oui dans le garage obscur.

« Allons-y ! » siffla M. Finaud en versant
le contenu d'un petit sac sur le moteur.
WOUCH ! Un nuage de poudre recouvrit
la voiture du pantin.

« Oui-Oui va avoir une drôle de surprise »,
gloussèrent les lutins en se glissant dehors.

Le lendemain matin, Oui-Oui sauta dans sa voiture et démarra, impatient de se mettre au travail.

SCRIIITCH ! La voiture commença par faire une embardée, puis zigzagua avant de repartir en trombe.

« Au secours ! » hurla Oui-Oui. Sa voiture n'en faisait qu'à sa tête. Oui-Oui ne parvenait pas à l'arrêter !

Malgré les efforts de Oui-Oui, la voiture refusait de rouler droit. Elle faisait des embardées dans tous les sens, percutait les réverbères, rentrait dans les bancs et effrayait tout le monde.

« Stop ! » ordonna le Gendarme en se plantant au milieu de la route. Mais la petite auto fila droit sur lui…

Ce n'est qu'au dernier moment que, SCRIITCH !
elle s'immobilisa brusquement.

Le Gendarme était très en colère.

« Oui-Oui, tu as été terriblement imprudent !
s'exclama-t-il.

– Mais je n'y suis pour rien, c'est la voiture ! »
répondit Oui-Oui.

« J'ai essayé de m'arrêter, mais c'était impossible, insista Oui-Oui. Je vous le jure, M. le Gendarme !
— Hum, hum, je vais tout de même vous emmener en prison, toi et ton taxi, répondit le Gendarme. Et tu risques d'y passer suffisamment de temps pour oublier comment se conduit un taxi ! »

« Voici l'unique taxi de Miniville, criaient Sournois
et M. Finaud. Qui veut monter ? »

Depuis que Oui-Oui et sa voiture étaient
en prison, le plan des deux méchants lutins semblait
fonctionner à merveille. Ils s'arrêtèrent à côté de
Léonie Laquille.

« On vous dépose chez vous ? » demandèrent-ils.

« Ça vous fera douze sous, déclara M. Finaud.

– Douze ? Léonie Laquille n'en croyait pas
ses oreilles. Oui-Oui n'en demandait que quatre !

– Malheureusement, Oui-Oui est en prison, ricana
M. Finaud. Alors si vous voulez un taxi, nous sommes
là. Mais il faut payer, naturellement ! »

Léonie Laquille fut forcée de leur payer
la somme qu'ils réclamaient.

« Mais ce n'était pas ma faute, gémit Oui-Oui
en racontant toute sa mésaventure à Potiron.
C'était la voiture ! Elle était devenue folle !
Je ne pouvais plus la contrôler. Je te le jure ! »
Le Gendarme fronça les sourcils.
« Pourtant, M. la Pompe a examiné la voiture
et il prétend que tout est normal.

— Il s'agit peut-être d'un autre problème », avança Potiron.

Oui-Oui et le Gendarme ne voyaient pas ce qu'il voulait dire. Potiron se mit à sentir le capot de la voiture.

« Ah, ah ! J'en étais sûr ! Quelqu'un lui a jeté un sort ! » s'écria Potiron.

« C'est un sort terrible qui pousse les objets à se comporter comme s'ils étaient fous, expliqua Potiron.

– Peux-tu le faire disparaître ? demanda Oui-Oui.

– Hélas ! non, regretta Potiron. Seule la personne qui a jeté le sort a le pouvoir d'inverser les choses. Mais dis-moi, Oui-Oui, as-tu en tête un éventuel coupable ?

— Sournois et M. Finaud ! s'écria Oui-Oui. Si je ne peux plus conduire mon taxi, ils auront le champ libre pour régner en maîtres sur Miniville !

— Tu as peut-être raison, dit Potiron. Nous allons vite le savoir. » Il répandit une fine poussière sur la voiture en chantant :

Feuille de chêne et graine de digitale,
Noisette et poudre de pétales,
Feront les auteurs de ce vilain tour
Montrer leur visage en plein jour.

« Hé, que se passe-t-il ? hurlèrent les deux
lutins, qu'une force invisible attirait tout droit
vers la gendarmerie.

– Pédale, Sournois ! Pédale ! » commandait
M. Finaud.

Ils pédalaient tous les deux comme des fous,
mais le sort jeté par Potiron était le plus fort.

« Les voilà qui arrivent ! » s'exclama Potiron
en voyant les lutins foncer en direction
de la gendarmerie.

« Aïe ! » gémirent les lutins en tombant
de leur véhicule.

Le Gendarme les attrapa immédiatement.

« Surtout, ne dis rien, Sournois ! ordonna M. Finaud.

– Ne t'en fais pas, je ne dirai pas que nous avons jeté un sort au taxi de… euh ! »

Sournois lui mit la main devant la bouche, mais il était trop tard.

« J'en étais sûr ! lança le Gendarme. Et maintenant, vilains lutins, dépêchez-vous d'inverser le mauvais sort ! »

Les lutins furent bien obligés de lui obéir.

« Oui-Oui, te voilà redevenu l'unique taxi
de Miniville ! déclara Potiron avec un grand sourire.

– Parfaitement ! Et je serai toujours le meilleur ! »
s'écria Oui-Oui en redémarrant, prêt à accueillir
son prochain client.

J'adore conduire ma p'tite auto,
Qu'il fasse mauvais ou qu'il fasse beau !
Et quand je suis dans mon taxi,
Tous mes clients sont mes amis !

© 2002 Enid Blyton Ltd (une société du groupe Chorion).
Tous droits réservés. Oui-Oui™ Hachette Livre.
Publié pour la première fois en 2002 par Harper Collins Publishers Ltd sous le titre :
Noddy and the New Taxi.
© 2005 Hachette Jeunesse pour l'édition française.
Traduit de l'anglais par Olivier de Vleeschouwer.
ISBN : 2.01.225056.4 – Édition 01
Dépôt légal : 56832 – Juin 2005
Loi 49-956 du 16 juillet 1949 sur les publications destinées à la jeunesse.
Imprimé en Italie par DEAPRINTING.

Retrouve Oui-Oui™

dans 12 merveilleuses aventures

Oui-Oui et la poudre magique

Oui-Oui et les ballons

Oui-Oui et le nouveau taxi

Un vélo neuf pour Potiron

Joyeux anniversaire, Mirou !

Tiens ton chapeau, Oui-Oui !

Oui-Oui et la cornemuse enchantée

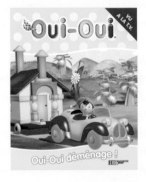
Oui-Oui déménage !

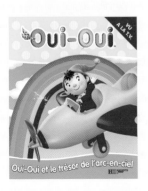
Oui-Oui et le trésor de l'arc-en-ciel

À toi de jouer, Oui-Oui !

Oui-Oui et la grande loterie

Oui-Oui tête en l'air !